Genieße die Freude

Immer die kleinen Freuden aufpicken,
bis das große Glück kommt,
Und wenn es nicht kommt,
dann hat man wenigstens
die kleinen Glücke gehabt.

Theodor Fontane

Alle guten Wünsche zum Geburtstag

benno

Zum Geburtstag

Ich freue mich,
dass es dich gibt.
Herzlichen Glückwunsch,
dass du da bist!
Gute Worte sollen dein Jahr begleiten
und vernünftige Gedanken dich beraten.
Viel Musik soll dich erfüllen,
neue Lieder dich beflügeln.
Der Himmel halte seine Hände über dir
und der Wind möge deine Haut streicheln.
Denn Gott schaut vom Himmel herab
und sieht dich, sein Menschenkind.
Er achtet auf deine Wege
und lenkt dein Herz.
Er soll dich beschützen,
denn der dich behütet,
schläft nicht.

Uwe Seidel

Lebensweisheit

Kein kluger Mensch hat je gewünscht, jünger zu sein. Fantasie ist die Gabe der Jugend und Urteilsvermögen die des Alters, so dass unser Verstand immer schwerer zu befriedigen ist, während wir ihm immer weniger zu bieten haben. Dies trifft auf alle Lebensweisheiten zu. Sind wir alt, finden unsere Freunde schwer unseren Beifall, und es ist ihnen auch nicht mehr so wichtig, ob sie unseren Beifall finden oder nicht.

Jonathan Swift

Es sind
die Begegnungen
mit Menschen,
die das Leben
lebenswert machen.

Guy de Maupassant

Die Aufgabe des Lebens,
seine Bestimmung ist Freude.
Freue dich über den Himmel,
über die Sonne,
über die Sterne,
über Gras und Bäume,
über die Tiere
und die Menschen.

Spruchweisheit aus Deutschland

Geh deinen Weg

Geh deinen Weg gelassen und ruhig inmitten des Lärms und der Hast dieser Zeit und erinnere dich, welcher Frieden in der Stille liegt.

Erfreue dich an deinen Leistungen ebenso wie an deinen Plänen. Halte die Begeisterung für deinen eigenen Beruf wach, so bescheiden er auch sein mag; er ist ein wahrer Besitz in den Wechselfällen der Zeit.

Übe Vorsicht in deinen Geschäften, denn die Welt ist voller Tricks und Kniffe. Aber werde nicht blind für das, was dir an Tugend begegnet; viele Menschen streben nach hohen Idealen; und überall ist das Leben voll stillen Heldentums.

Sei du selbst. Besonders heuchle keine Zuneigung. Äußere dich nicht geringschätzig über die Liebe; denn angesichts aller Dürre und Ernüchterung ist sie beständig wie Gras.

Nimm den Rat der Jahre freundlich an, indem du anmutig abtrittst, was dich in der Jugend umgab.

Daher lebe in Frieden mit Gott, wie immer du ihn dir vorstellst und wie auch immer deine Mühen und Erwartungen sein werden in der lärmenden Verwirrung des Lebens, halte Frieden mit deiner Seele.

Aus der Lebensregel von Baltimore (1692)

Wie ein Morgenlicht

Ich wünsche dir nicht
ein Leben ohne Entbehrung,
ein Leben ohne Schmerz,
ein Leben ohne Störung.
Würde dann nicht etwas Wichtiges
fehlen in deinem Leben?

Ich wünsche dir aber,
dass du bewahrt sein mögest
an Leib und Seele.
Dass dich einer trägt und schützt
und dich durch alles, was dir geschieht,
deinem Ziel entgegenführt.

Dass du unberührt bleiben mögest von Trauer,
unberührt vom Schicksal anderer Menschen,
das wünsche ich dir nicht.
So unbedacht soll man nicht wünschen.

Ich wünsche dir aber,
dass dich immer wieder
etwas berührt,
das ich dir nicht so recht
beschreiben kann.
Es heißt „Gnade“.
Gnade ist ein altes Wort,
aber wer sie erfährt,
für den ist sie wie Morgenlicht.

Man kann sie nicht wollen
und nicht erzwingen,
aber wenn sie dich berührt,
dann weißt du: Es ist gut.

Jörg Zink

Das Festmahl

Lieber Freund, komm zu Tisch,
hier ist Platz noch für dich.
Was du geben kannst, leg' in die Runde.
Sei es Wein, sei es Schmalz,
sei es Brot oder Salz,
es ist gut zu gegebener Stunde.

So muss ein Festmahl sein.
Jeder bringt etwas ein.
Jeder nimmt etwas mit.
Ein Törtchen,
ein Wörtchen,
ein Lied.

Auf die Freundschaft den Toast!
Suchst du Rat, suchst du Trost,
dann wird sich wohl für dich jemand finden.
Denn du bist hier gefragt,
jeder, der etwas wagt,
der sein Fähnlein nicht dreht nach den Winden.

So muss ein Festmahl sein.
Jeder bringt etwas ein.
Jeder nimmt etwas mit.
Ein Törtchen,
ein Wörtchen,
ein Lied.

Einer sagt ein Gedicht,
einer spendet Licht,
der entlockt ein paar Worte
dem Stummen.
Dieser suchte und fand,
jener reichte seine Hand.
Einer schenkt einem
anderen Blumen.

So muss ein Festmahl sein.
Jeder bringt etwas ein.
Jeder nimmt etwas mit.
Ein Törtchen,
ein Wörtchen,
ein Lied.

Gerhard Schöne

Stilles Reifen

Alles fügt sich und erfüllt sich,
musst es nur erwarten können
und dem Werden deines Glückes
Jahr und Felder reichlich gönnen.

Bis du eines Tages jenen
reifen Duft der Körner spürest
und dich aufmachst und die Ernte
in die tiefen Speicher führest.

Christian Morgenstern

Geh unter der Gnade

Geh unter der Gnade,
geh mit Gottes Segen;
geh in seinem Frieden,
was auch immer du tust.
Geh unter der Gnade,
hör auf Gottes Worte;
bleib in seiner Nähe,
ob du wachst oder ruhst.

Alte Stunden, alte Tage
lässt du zögernd nur zurück.
Wohlvertraut wie alte Kleider
sind sie dir durch Leid und Glück.

Neue Stunden, neue Tage
zögernd nur steigst du hinein.
Wird die neue Zeit dir passen?
Ist sie dir zu groß, zu klein?

Gute Wünsche, gute Worte
wollen dir Begleiter sein.
Doch die besten Wünsche
münden alle in den einen ein.

Geh unter der Gnade,
geh mit Gottes Segen;
geh in seinem Frieden,
was auch immer du tust.
Geh unter der Gnade,
hör auf Gottes Worte;
bleib in seiner Nähe,
ob du wachst oder ruhst.

Manfred Siebald

Segen

Gott segne die Jahre deines Lebens.
Gott schaue auf die Jahre der Fülle
und die Jahre der Not.
Gott tanze mit der Freude deiner Jugend.
Gott lächle über deinen Humor.
Gott weine mit dir in deiner Trauer und Verlassenheit.
Gott hege und bewahre deine Träume und Hoffnungen.
Gott streichle dir sanft über deine Wangen.
Gott höre deinen Fantasien leise zu.
Gott zürne über böse Angriffe gegen dich.
Gott heile deine tiefen Wunden.
Gott sehe und höre, was du anderen
Gutes getan hast.
Gott nehme dich liebevoll in die Arme.
Gott führe dich in das Reich seiner Liebe.

Hanna Strack

Hab Zeit und Geduld

Erscheint dir etwas unerhört,
bist du tiefsten Herzens empört,
bäume nicht auf,
versuch's nicht mit Streit,
berühr es nicht,
überlass es der Zeit.
Am ersten Tag wirst du
feige dich schelten,
am zweiten lässt du
dein Schweigen schon gelten,
am dritten hast du's überwunden;
alles ist wichtig nur auf Stunden.
Ärger ist Zehrer und Lebensvergifter,
Zeit ist Balsam und Friedensstifter.

Theodor Fontane

Bleib neugierig

Genau wie ich einen
jungen Menschen gutheiße,
in dem eine Spur von Alter ist,
billige ich einen alten Menschen,
der das Aroma der Jugend hat.
Wer sich bemüht,
Jugend und Alter
zu vermischen,
wird wohl körperlich altern,
aber nie geistig.

Aristophanes

Bibliografische Information der Deutschen Nationalbibliothek
Die Deutsche Nationalbibliothek verzeichnet diese Publikation in der Deutschen Nationalbibliografie; detaillierte bibliografische Daten sind im Internet über http://dnb.d-nb.de abrufbar.

Quellenverzeichnis

Texte
Gerhard Schöne, Das Festmahl, aus: Gerhard Schöne, Die sieben Gaben © BuschFunk Musikverlag Berlin, 1993.
Uwe Seidel, Zum Geburtstag, aus: Hanns Dieter Hüsch/Uwe Seidel, Ich stehe unter Gottes Schutz, Seite 147, 2018/16 © tvd-Verlag Düsseldorf, 1996.
Manfred Siebald, Geh unter der Gnade, Text & Melodie: Manfred Siebald © 1987 SCM Hänssler, Holzgerlingen.
Hanna Strack, Segen © bei der Autorin, www.hanna-strack.de.
Jörg Zink, Wie ein Morgenlicht, aus: ders., Ich werde gerne alt: Wünsche für die goldenen Jahre © 2022 Verlag Herder GmbH, Freiburg i. Br.

Fotos
Cover: © stock.adobe.com/Танюша Коновал, Seite 2/3, 31 © picsfive/Fotolia, 4 © Alekss/Fotolia, 6 © K.-U. Häßler/Fotolia, 7 © Alexander Maier/Fotolia, 8 © kameramann/Fotolia, 9 © Team 5/Fotolia, 10 © Smileus/Fotolia, 11 © Artens/Shutterstock, 13 © Anne Katrin Figge/Fotolia, © Vitaly Krivosheev/Fotolia, 14, 16 © Beboy/Fotolia, 15 © Yuriy Kulik/Fotolia, 17 © Samot/Shutterstock, 19 © Aania/Fotolia, 20 © fotos4u/Fotolia, 21 © Yuriy Kulyk/Shutterstock, 23 © felinda/Fotolia, © marilyn barbone/Fotolia, 24 © macroart/Fotolia, 25 © Glenn Jenkinson/Fotolia, 26 © kollmansfoto/Fotolia, 27 © wong yu liang/Fotolia, 28 © Marty Kropp/Fotolia, 29 © jovica antoski/Fotolia.

Wir danken allen Inhabern von Text- und Bildrechten für die Abdruckerlaubnis. Der Verlag hat sich bemüht, alle Rechteinhaber in Erfahrung zu bringen. Für zusätzliche Hinweise sind wir dankbar.

ISBN 978-3-7462-6848-4

Zusammenstellung: Volker Bauch, Leipzig
Umschlaggestaltung: Ulrike Vetter, Leipzig
Gesamtherstellung: Arnold & Domnick, Leipzig (C)